KB149343

고양이가 앉아 있는 자세

황금알 시인선 223
문학청춘작가회 동인지 3
고양이가 앉아 있는 자세

초판발행일 | 2020년 12월 12일

지은이 | 민창홍 외
펴낸곳 | 도서출판 황금알
펴낸이 | 金永馥
주간 | 김영탁
편집실장 | 조경숙
표지디자인 | 칼라박스
주소 | 03088 서울시 종로구 이화장2길 29-3, 104호(동숭동)
전화 | 02)2275-9171
팩스 | 02)2275-9172
이메일 | tibet21@hanmail.net
홈페이지 | http://goldegg21.com
출판등록 | 2003년 03월 26일(제300-2003-230호)

ⓒ2020 민창홍 외 & Gold Egg Publishing Company Printed in Korea

값은 뒤표지에 있습니다.

ISBN 979-11-89205-84-3-03810

고양이가 앉아 있는 자세

문학청춘작가회 동인지 3

황금알

코로나19로 인하여 세상은 변화되었습니다.
마스크로 얼굴의 반을 가리고 살아야 하고
많은 사람이 모이는 일을 자제해야 하고
생활 속 거리두기를 실천해야 합니다.

전 세계로 번져가는 바이러스의 위력 앞에서
인간의 나약함을 보고 있습니다.

상상하지 못했던 사회 전반의 변화 속에서도
자연의 순리는 어김없이 계속되고 있습니다.
매일 해가 뜨고 지는 것처럼
계절은 옷을 바꿔 입으며 다가옵니다.

어둠 속에서도 빛을 향해 나가는
문학청춘의 꿈은 올해도 이어지고 있습니다.
동인들 모두 안부를 묻고 서로를 위로하며
힘든 시간을 작품으로 승화시켰습니다.

문학청춘의 시간은 멈추지 않고 계속됩니다.
3집이 나오기까지 협조해주신 동인들과
황금알 출판사에 감사드립니다.

문학청춘작가회장 민창홍

차 례

시

수필

시

김요아킴

1969년 경남 마산에서 태어나
경북대 사대 국어교육과를 졸업했다.
2010년 계간 『문학청춘』 제1회 신인상으로
본격적인 작품 활동을 시작하였다.
시집으로 『가야산 호랑이』 『어느 시낭송』 『왼손잡이 투수』
『행복한 목욕탕』 『그녀의 시모노세끼항』 『공중부양사』와
산문집 『야구, 21개의 생을 말하다』가 있다.
2014년 『행복한 목욕탕』 2017년 『그녀의 시모노세끼항』
2020년 『공중부양사』가 문학나눔 우수도서로 선정되었고,
2020년 제9회 백신애창작기금을 받았다.
한국작가회의와 부산작가회의 회원이며,
청소년 문예지 『푸른글터』 편집주간을 맡고 있다.
현재 부산 경원고등학교에서 국어교사로 재직 중이다.

이메일 : kjhchds@hanmail.net

그날, 밤의 기억법

단전이 예고되었던 그 날
모든 집들의 창엔 밤이 찾아왔다

당연히 어둠이 방안을 메우고
켜켜이 쌓여만 갔다

무엇을 해야 할지 몰라, 서둘러
눈을 붙이려는 사람들

침묵은 이미 거미줄처럼
방바닥으로 타고 내려앉았다

길들여지는 시간 속으로
아른거리는 벽지의 무늬

물방울과 꽃잎의 환영이
머리맡으로 교차했다

익숙함은 이내, 촘촘한

밀도로 생을 움켜쥐었다

'아닐세! 라는 용기는
가장 훌륭한 살해자'

무명을 거부한 1970년 11월 13일

비로소 방안의 촛불이
검은 습도를 한입씩 베어 물었다

벽면의 진실을 밝혀줄
그날이 떠올랐다

* 인용된 부분은 전태일과 니체의 말 중에 따옴.

운문사, 봄날에

담은 야트막하다

아침 햇살로 기와를 얹은
성과 속의 경계는 한없이 낮다

수백 년 중생들의 고통을
처진 그리메로 대신한 소나무가
절집 마당으로 환하다

투박하게 합장한 마음은
솔바람 어슬렁거리는 산길을 쫓아와
엷은 풍경소리로 닿는 매화빛 화두,

댓돌 위 가지런히 놓인
비구니의 고무신들은, 벌써
오체투지를 하고 있다

겨우내 소리죽여 터뜨리지 못한
분심憤心들이, 일제히 꽃을 피운다

16

근엄하지 못한 불전의 대웅이
빙긋 웃고만 계신다

여전히 담장은 낮기만 하다

윗몸 일으키기

불룩해진 뱃살을 들여다본다

매번 몸을 곧추세워
하늘의 명을 알아야 할 나이만큼
지탱해야 할 허리가
연소하지 않은 욕망을 걷어내려 한다

이미 반복된 스무 개의 동작은
결국 짙은 땀범벅으로 귀결되어
눈 따가운 광장의 일탈로 꿈꾸려 한다

서른 고개로 접어들며 누군가에
간절히 손을 내밀고 싶은 마음이
일렁인다, 호흡은 가빠오고
짧은 숨으로 잉태된 생명을 위해
혹함이 없는 나이테만큼
허리둘레를 들여다본다

하나하나 일으켜 세워야 할 생의 함수는

윗몸의 굳은 신경에 대응하며
손아귀에 쥐어야 할 힘으로, 다시
부푼 욕망을 지켜본다

살아낸 나이만큼 돌아다보는
이 하루하루의 날 선 경배들

김선아

충남 논산에서 태어났다.
2011년 『문학청춘』 시부문 신인상으로 등단했다.
2020년 의제헌 김명배문학상을 수상하였다.
시집 『얼룩이라는 무늬』가 있다.

이메일 : treeksa@daum.net

궁리하는 작별

작별은 별의 밝기를 새롭게 수정하는 작업입니다.

마지막 숨 힘겹게 몰아쉬는 햇살
잘게 쪼개지고 부서진다고
모두 어둠이 되는 건 아니고

낚싯바늘에 찢긴 햇살이든 날벼락에 혼쭐난 햇살이든
꽃가마 타던 햇살이든
그저 모든 뼛가루는 별이 되는 거라 생각했습니다만

밤하늘에도 절망층 비곤층 부유층 행복층
이런 삶의 징그러운 파편들이 존재하는가 봅니다.

신월동 지하 계단참에 내려앉아 보푸라기처럼 울던
생노병사별
희로애락별
죄책감별
연민별
침묵별

속수무책별

한 줌 거리도 못 되는 먼지 같은
너무 흐릿한 존재들

어찌해야 저것들 힘 내어 또렷하니 밝아질까

궁리하느라 무척 고단하고 분주했던
작별의 시간이
하마터면 그저 캄캄한 어둠 범벅일 뻔했습니다.

가시를 그리워하다

가슴 혹 떼어내고 봉합한 7㎝ 흉터 그 병상에서
누가 보내 준
장미꽃다발을 바라보다

내 혹 도려낸 자리를 장미 가시가 바늘처럼 꿰매주었구나.
구멍마다 단추 채워주듯
꽃 송송 달아
사제처럼 사랑을 암송했구나.

꽃향기는 가시가 양보해준 향기였구나
내심 위로받았는데

장미야
가시야
오늘 내 가슴에 새로운 혹이 또 생겼다는 진단을 받았다.

내게 왔던 꽃이 나에게 단추를 달아주려다
단추 구멍까지 박음질해버린 것 같았다.

향긋한 사랑에 취하여
가시의 뾰족하고 짜릿한 노동과 소임을 멀리한 내 피에
날아든 경고장이었다.

헛바람

　과대포장의 습성은 나도 모르는 사이에 내 기질이 되었
다. 신작특집으로 조명받고 수상자로 유명 시인이 호명될
때면 그 시인의 번민, 고독, 불면의 눈물은 잊고 다만 불온
한 생각을 앞세우기도 했다. 어느 봄날 문단 행사장에서 난
생처음 셀카봉을 들고 단체 사진을 찍게 되었다. 작은 얼굴
이 대세인 요즘 모두들 얼짱 각도를 골라 각자 선호하는 위
치에 섰다. 그럴 때마다 내 얼굴이 크게, 설악산 울산바위도
가릴 만큼 크게 찍혔다. 큰 얼굴은 완전 내 취향, 기회였
다. 새로운 장르, 얼짱 각도의 시詩가 유행할수록 나는 점점
헛물켜는데 익숙해져 갔다. 개발새발 쓸망정 셀카봉 든 내
헛바람시를 주목해줄 세상이 올지도 몰라, 거기까지 생각하
던 나는 독주 같은 재채기에 시달렸다.

민창홍

1960년 충남 공주에서 출생했다.
1998년 계간 『시의나라』와 2012년 『문학청춘』으로 등단했다.
시집 『금강을 꿈꾸며』 『닭과 코스모스』 『캥거루 백을 멘 남자』
서사시집 『마산성요셉성당』이 있다.
경남문협우수작품집상, 제4회 경남 올해의 젊은 작가상을 수상했다.
2015 『닭과 코스모스』가 세종도서 나눔 우수도서 선정되었다.
문학청춘작가회 회장, 경남시인협회, 마산문인협회 부회장을 맡고 있으며,
성지여자고등학교 교장으로 근무하고 있다.

이메일 : changhongmin@hanmail.net

고양이가 앉아 있는 자세

영화가 끝이 나고
고고한 척 허세를 부리다가
일본인 앞에서 머리 조아리던 앞잡이가
길을 막는다

모르는 사람이 지나가도 곁눈질하고
나무 그늘에 앉아 딴청을 부리는 꼴이
주인의 손 벗어나고픈 한때의 양심이었을까

눈보라를 뚫고 가는 독립군의 눈동자
벌판 달리다 멈춰선 낡은 집
내리쬐는 햇살 반쯤 몸에 감고
고양이가 급히 몸을 숨긴다

죄지은 하인이 되어
연신 머리를 조아리는 사내가 지목한,
투사가 사라진 공원 한쪽의 총성

본능에 눈이 멀어 도를 넘은 창밖

두 발 모은 채 허리를 펴고
검은색과 흰색이 선명하게
품격을 유지하려는 저 자세

안락함에 길들여진 야생의 시간
쓰레기봉투 할퀴는 알량함으로
사람을 겁내지 않고 사랑을 겁내는

지나간 시간을 잊어버려서
솔직하게 말하지 못하는
영화관 앞 고양이
꼿꼿하다

불빵구

뒷바퀴가 탈이 났나보다 시름시름 앓더니 아예 주저앉았
다 보험회사 서비스 출동을 불렀다 지렁이라고 하는 것을
가지고 응급조치를 한다 디근자 모양의 못이 박혔단다 바로
타이어를 바꾸던지 불빵구를 해야 한단다 물어물어 찾아간
곳의 노인은 반가운 손님이 와서인지 고쳐줄 생각은 안 하
고, 카센터 가면 멀쩡한 것 놔두고 새것으로 바꾸라고 한다
며 푸념을 하고는 과정을 잘 보라고 명령한다 요즘은 믿을
수가 없는 세상 지켜봐야 양심적으로 한단다 바퀴를 분해하
여 갈고 닦고 하더니 타이어 조각을 안쪽으로 덧대고 인두
같은 것으로 눌러 놓으며 넓은 이마에 땀을 쏟는다 이렇게
고칠 수 있는데 바꾸라고 하면 그런가 보다 하고 손님들은
바꾼단다

돈이 좋다지만 아낄 것은 아껴야 한다고 생전의 할아버지
같은 잔소리가 석양에 녹고 타이어 안쪽은 예쁘게 성형되어
제자리로 돌아온다

좋은 기술을 가지셨네요. 이건 기술에도 안 들어갑니다

허연 머리카락 사이로 해가 뉘엿뉘엿 지고 있다

잔치국수

　회갑이라고 아들이 사 준 그랜저, 크고 고급스러움에 익
숙하지 않아 17평 아파트에서 32평 아파트로 이사 오던 날
처럼 설레기만 한다 차 문을 여닫고 타고 내리기를 반복하
고 앞뒤의 반짝반짝한 광택에 얼굴을 들여다본다 천상 촌놈
면하기 어려운 상이다 그러면 어떠랴 싶어 아내를 태우고
잔치국수를 먹으러 간다 백세시대에 겨우 절반 조금 더 산
것을 자랑할 수가 없으니 가늘고 긴 국수라도 먹어야 하지
않겠나, 젓가락에 국수가락 걸치며 그냥 감사하기로 한다
시원한 멸치육수에 청양고추가 흥을 돋운다 땀을 흥건하게
흘리며 거하게 둘만의 잔치를 하니 아내는 자식 자랑을 늘
어놓는다 아들 좋아하는 김밥 두 줄 사서 뒷좌석에 싣고 문
을 닫는데 오른손 검지가 다 나오지 않은 채 문이 닫힌다 체
면이고 뭐고 손을 움켜쥐고 데굴데굴 굴렀다 검게 멍든 손
가락을 한참 만에 움직여보니 신경이 살아있다 꽃구경에 들
떠 있던 아내의 실망하는 눈초리 따라 병원에 간다 사진을
찍더니 둘째 마디에 금이 갔다고 의사는 핀 박는 수술을 하
자고 한다 대답을 하지 않고 손가락을 꼼지락거렸더니 깁스
를 한다 육 주쯤 걸린다면서 한 주 뒤에도 붙지 않으면 수술
해야 한다고 겁을 준다 저녁에 아들과 한잔하려고 했는데
술이 물 건너가고 있다

엄영란

경북 문경에서 태어났다.
2012년 『문학청춘』 시부문 신인상으로 등단했다.

이메일 : yran0624@hanmail.net

잔디밭이었다

발 디딜 틈 없는 토끼풀 사이로 개망초가 구부정하니 솟
아올랐다
키 작은 민들레가 그 밑에 섰다
세 잎의 토끼풀들이 저희끼리 얼굴 부비며 시시덕거리는
동안
네 잎을 가진 불운이 숨죽이며 있을지도 모를 일이다
그것을 찾기 위해 그 주위를 맴돌던 발자국들
그러나 세 잎은 세 잎으로 흔들리고 네 잎은 네 잎으로 흔
들렸다
제 발등에 제 눈 찍으며 한 치 앞도 보지 못하는 발자국들
네모가 되지 못한 세모가 동그라미가 되지 못한 네모가
세모가 되지 못한 동그라미가 흔들리는 풀밭
세모가 네모를 품고 네모가 동그라미를 품고 동그라미가
세모와 네모를 품고 흔들리는 풀밭
같은 것들이 손잡고 번져가는 풀밭에
어쩌다 여린 몸 하나 끼워 넣은 민들레가
바람에 흔들릴 때마다
몇 가락 남지 않은 머리카락이 날아가는
능청스레 섞여 있는 네 잎을 찾는 사람들의

바람의 사거리 같은 풀밭에
엎드린 내 등짝을 따갑게 후려치는 해.

휴지처럼

문 앞에 두루마리 휴지 한 묶음 놓여 있다
내가 사지 않았고 누가 보내올 데도 없는데
잠시 생각이 폭탄 마주한 듯 위험하다
이리저리 굴려보고 살펴보는데
비닐 위에 고딕체로 인쇄한 메모지가 붙어 있다
"불편을 드려 죄송합니다."
어떤 불편?
줄 것이라는 것인지, 준 것이라는 것인지, 이 휴지로 무엇
을 하라는 것인지
보내온 곳도, 돌려보낼 곳도 모르는
이 불편함의 덩어리를 기웃거리다가 그것을 들고 안으로
들어간다
방으로 와 옷도 벗기 전에
집이 쿵쿵 울린다
차르륵 쇠 잘리는 소리 우주를 토막 내듯 요란하다
무엇인가 던지는 소리, 부서지는 소리, 인부들 고함치는
소리에
몸이 허공에 둥둥 떠다닌다
울렁거리는 속을 휴지로 가라앉혀야 한다

TV 소리를 잡아먹어 치우고 전화 통화음을 잡아먹고 새
벽잠을 먹어버리고
　머릿속이 휴지처럼 하얗다
　집안으로 들어온 이 희고 긴 폭력을 노려보다가
　하릴없이 몇 칸을 쭉 찢어 귀를 막는다

2020.6.23

현자가 갔다
66년 걸어서 대밭으로…
바다는 홀로 푸르고
대꽃은 아직 피지 않았다
현자가 갔다
새가 울었다

유담

2013년『문학청춘』시부문 신인상으로 등단했다.
서울의대 및 동대학원(의학박사)을 졸업했다.
문학청춘작가회 초대 회장, 한국의사시인회 초대회장,
한림대 의대 교수를 역임했다.
제1회 문학청춘작가회 동인지 우수작품상을 수상했다.
현재 쉼표문학 고문, 함춘문예회 회장, 한림의대 명예교수를 맡고
있으며, 씨엠병원 내분비내과 과장으로 근무하고 있다.
시집『가라앉지 못한 말들』『두근거리는 지금』
산문집『늙음 오디세이아』등이 있다.

이메일 : hjoonyoo@gmail.com

하루의 눈길

새벽녘 지레 건너
길 나서는
고단한 눈꺼풀에
이슬 몇 방울 축인다

동트는 거리
비로소 반짝이는
망울이 돋으면
가장 먼저 무엇을 볼까

궁창에 매달린
팽팽한 하루에 눈 가려
풀 마르고 꽃 야위어
그림자 목말라 할 때
식을수록 짙어가는 노을
반복의 고단처럼 넘쳐흘러
까치발 세운 눈동자까지 잠겨 버릴 때
무엇이 보일까

짙은 노을 가득 고인 눈가에
기억하기 만만한
익숙한 지탱으로
저물어가는 눈초리 치켜
돌아오는 눈길을 누가 거둘까

눈주름

밤새 풀어진
주름 사이로 흐르는 자리끼
저 수평선 위로
동 틔우는 첫 햇살에
부스스 움츠리는 눈동자 속으로
뜬눈으로 맞는 새벽,
그대의 눈길이 나의 일상으로 흘러들어
진종일 껌벅인다

접혀야 깊어지는
낯익은 속내들
겉겨 닮은 갈증 한 켜씩 이고 와선
낡은 아코디언 풀무처럼
웅크려 껌벅인다

눈가에서 사랑을 보내네

울어야만 흐르는 강가에 서서
사랑을 보내네

서로의 맹세가 어둑해진 지금
더는 탓하지 말아야지
두 뺨 훔치는 울음의 흔적을
살갗으로 배어든 손등 스쳐 간 체온을
저 물살의 모든 곡절이
쏟아질 듯 쏟아지지 않는
은하수처럼 하얗게 흐르는 까닭을

고이지 않고 흐르는
흐르지 않고 아무는 상처는 없어

저 까닭이 자라고 자라 희미한 파문이라도 일면
들먹이는 어깨를 접어
노을처럼 젖어가는 눈가에
눅눅히 서 있네

정은영

1976년 경북 의성 출생에서 태어나 상주에서 성장했다.
2013년 『문학청춘』 시부문 신인상으로 등단했다.

이메일 : elleyjung@gmail.com

윤이월

고사리 움튼다
뱀들이 눈뜬다

동그라미가 동그라미를 사랑하는 날들 속에 살고 싶다

고양이들은 길가의 돌처럼 태어나
처음 보는 담장을 넘나들며 살기도 하고
울새도 개꽃도 물고기도 새로 태어나려 애쓰는데

가난한 곡선을 그리며 어제의 곡曲은 이어지고
그걸 작게 따라 부르며 걷는 시간이 왔다

하루가 하나의 음표라면
이제까지의 삶은 어떤 곡조의 노래일까

먼 데서 다가오는 휘파람새 소리
고적하고 불편한 숲속에 누워 종일 침묵의 은총을 받고
싶다

온몸으로 붙들고 있던 최선을 나도 모르게 놓았다
하나 남은 검정마저 팔랑 날아가고

멀리 있어도 노래한다 담대했던 여름처럼
초록 고깔을 씌우고 오래 두드려준다

못

외투를 벗고
두 발을 걷었다
이그러진 음音들이 한번에 떠올랐다

성실한 피아니스트를 모셔놓고
쉼 없이 연주해달라 다그쳐놓고 딴청이다

사슴은 누가 저를 알아보았나 아닌가
잎사귀를 뜯으며 경계한다

버려진 말들 조용히 가라앉고
돌아올 수 없는 헛헛한 돌들
몇 번이고 되풀이해 쓸어내린 비문碑文이
물결을 만든다

사슴은 나를 관찰했다
사슴의 눈동자에 흐르는 흔들리는 고요를 나는 관찰했다
 우리의 입가에 동시에 번졌다 사라진 가장 깊숙한 밤의
징후를

피아노와 피아니스트, 사슴 한 마리와 나는

기꺼이 한 음도 놓치지 않고 곱씹어대는 귀의 군단을 키운다

검고 흰 건반의 숨가쁜 오르내림과 쉴 수 없는 턱근육과 치열한 동공들

잠들 수 없다 두 팔을 허우적대며

서로를 바라보다 깊이를 잃었다

햇빛은 경이롭고 바람은 산산한데

조약돌

조약돌은 토성에 산다
살면서도 토성에 사는 줄 모르고

있는 일이 여태 해온
가장 잊을 수 없는 꿈인 줄 모르고

사막에 누워
켜켜이 앉은 지층의 소란들이
자글자글 잦아드는 소리를 들었다

이제 물 위에 뜰 수 있다
소반을 차려 먹고
소리 없이 울지 않는다

슈만을 듣다가
줄이 늘어난 기타를 조율했다
개 한 마리 곁에 있어 따뜻했다

조순돌은 일찍 죽었지만

그의 조약돌은 끝까지 자갈자갈
토성에 산다

김미옥

경북 의성에서 태어났다.
2014년 계간 『문학청춘』 시부문 신인상으로 등단했다.
제2회 문학청춘작가회 동인지 우수작품상을 수상했다.
시집 『어느 슈퍼우먼의 즐거운 감옥』이 있다.

이메일 : ioi103408@hanmail.net

모래성 전문가

뱃고동이 길게 울리는 건 주문이 들어오고 있다는 뜻이에요
모래 아파트 503동 1003호는 막 당도하여 부서지는 싱싱
한 파도와
비릿한 자반고등어를 주문했어요
사람 하나가 바다를 배달 나간 사이
사내 하나가 손님으로 들어왔어요

우유 계란 감자 상추 깻잎 양념장 고기 굽는 철망
바다와 상관없는 것들을 사내는 주문했어요
뭍 것들과 바다가 섞이는 동안
적금해둔 나의 하루는 사내와 함께 감쪽같이 사라졌어요

파도가 밀려올 때마다 나의 하루는 먼바다로 썰려 나가요

창밖에 서 있던 벚나무가 어쩔 수 없이 꽃눈을 뿌리듯이
허물어진 모래성은 내일 또 쌓을 거예요

밀물에 밀려들다
썰물에 빠져나다 결국엔 허물어질 궁전

그곳이 나의 영역이에요

다만, 오늘의 날씨가 궁금해

어두워지는 얼굴에게 말을 건넨다 특별시는 발 딛는 곳마다 안개 속이었다고 특별한 고백이 흐르네

세든 단칸방이 특별해 무엇이든 손닿는 요술 같은 방이야 거울을 손에 들면 갖고 싶은 것들은 모두 거울 속에 있다고 특별한 곳에 발을 닿기 위해서 특별한 화장을 매일매일 했다고 어둠의 기미를 들키지 않아야 했다고

아이 돌보미는 특별하게 접어든 여백, 시간의 특별한 가면을 쓰고 명랑하게 초능력을 끌어모으고 툭툭 던져진 말들을 구둣발로 차면서 가는 길 위에서 밥이 되고 대출금이 되고 방세가 되려면 방언처럼 터져 나오는 말을 꾹꾹 눌러야 했다고

다만 오늘의 날씨가 궁금해

그날에 특별한 기분에 따라 소음이 음악이 되고 콧노래를 부르며 대공원을 달리고 습관적으로 소환한 추억은 특별한 덤이고 처음 보는 사람에게 인사하는 넉살 좋은 특별한 특별시 시민이라고

큰 도화지에 점 두 개가 찍힌 것처럼

눈 내리는 소리 들리지 않는데 천지가 눈으로 덮여 있다
눈은 점점 더 쌓이고

큰 도화지에 점 두 개가 찍힌 것 같은
엄마 따라 더듬더듬 외갓집 가는 길

당신의 발자국 위에
내 발자국 포개며 다섯 살의 걸음이 간다
먼저 간 발자국을 덮으며 눈은 계속 내린다

앞이 보이지 않는 눈의 사막을 걷는다
돌다리 얼음장 아래로 개울물 흐르는 소리
발이 다음 돌다리에 닿기 전에 얼음이 깨지고
냉기가 순식간에 퍼진다

얼음구덩이 같은 시간을 업고 엄마가 뛴다
머리에 보퉁이를 등에는 나를 업고
거친 숨소리가 뛴다

미끄러지고 넘어지며 끝없이 모퉁이를 돈다
돌아도 돌아도 외갓집은 보이지 않고

막막하고 아득했을 당신의 세월을 업고
나는 한발 두발 눈길을 이어 간다

언 손등 같은 하루가 저물고 있다

류인채

충남 청양에서 태어나
인천대학교 대학원에서 문학박사 학위를 취득했다.
2014년 『문학청춘』 시부문 신인상으로 등단했고
2017년 국민일보 신춘문예 대상을 받았다.
제26회 인천문학상을 수상했다.
시집 『소리의 거처』『거북이의 처세술』
『계절의 끝에 선 피에타』 등이 있다.
경인교육대학교에서 〈시문학론〉을 가르쳤고
계간 『학산문학』 편집위원을 맡고 있다.

이메일 : 2080moon@hanmail.net

곁

한라산을 오르는데 죽은 구상나무가
살아있는 나무 곁에 버젓이 서 있더군
삶과 죽음이 어깨를 나란히 하고
구름 아래 서귀포를 내려다보더군
덩치 큰 까마귀들 주고받는 말 사뭇 심각했지
은하수를 잡아당길 수 있다는 산정에서 깨달았네
죽음은 잠시 마실간 것이고
삶은 죽음의 곁인 것을
바람이 차기가 함경도 끝과 맞서는 데서*
생각하는 나무 곁에 나도 서 있었네

* 정지용 「백록담」

수수꽃다리

자주색 뭉게구름 서너 필이다

강 건너로 퍼지는 향기 수십 평이다

구름밭에 모여든 벌 나비 연인들의 눈짓

꽃무늬 원피스 자락에 젖어 드는 숨결

스무 살 첫 경험의 흔적 오천 근이다

낙타

무거운 등짐 지고
긴 목을 곧게 세우고
한 번도 뒤돌아보지 않고 간다

무릎 연골이 부은 가느다란 다리
통증을 참으며 걷는다
걸으면서 눈물을 흘리는 짓무른 눈
걸으면서 깜빡 잠이 들기도 한다

육 남매를 짊어진 저 갈색 단봉낙타
사막에 남긴 발자국이 뚜렷하다
하우스 푸어로 얹혀살던 자식 나간 자리
맨손으로 어루만진다
햇빛 한줄기 이고
남은 세간살이 정리하신다

단단해지는 곱사등
어머니의 기도가 한 짐이다

손영숙

경남 마산에서 태어났다.
경북대 국어국문과를 졸업했으며
2014년 『문학청춘』 시부문 신인상으로 등단했다.
시집 『지붕 없는 아이들』이 있다.
2019년 대구문학 올해의 작품상을 수상했다.

이메일 : sys267@hanmail.net

코로나 대구 풍경

컵라면, 김치
치약, 칫솔
분무기
달걀, 보리빵
도라지즙
부대찌개, 미역국
속옷, 양말, 수건
성인용 기저귀까지

거점병원
생활치료센터
시청, 구청 복지과
무료급식소 요셉의 집
외국인 노동자 합숙소
노인요양시설
긴급 돌봄터
쪽방촌까지

창문 밑에

현관 입구에
부엌 선반에
복도 의자에

아무도 몰래
이름도 쓰지 않고
말없이 놓고 간

엄마 손 잡은 아가부터
지팡이 할아버지 할머니까지

내가
손가락질하며
입에 거품 물고
잘잘못 가리고 있을 때

화관을 씌운 이 누구냐

부서진 청석을 쌓아
쇠줄로 옭아맨 석벽 위
유월의 베튜니아가 이엉으로 얹혔다

스위스 계곡의 산장마다
창가에서 나팔 불던 그 붉은 입술들

입술과 입술이 포개져
깨어진 청석의 몸 사이로도
철심을 타고 피가 돈다

감옥이었던
수도원이었던
내 마음이 홍조를 띠는 아침

쇠도
돌도 녹여
피를 만드는 붉은 꽃 몇 포기 그대

이강휘

부산에서 출생하여
부산대 국어국문과와 교육대학원을 졸업했다
2014년 『문학청춘』 시부문 신인상으로 등단했다.
시집 『내 이마에서 떨어진 조약돌 두 개』가 있다.

이메일 : hwiyada@naver.com

개구리 씨의 수업

개구리 씨는 오늘도 교실에 들어가
정성스레 설계한 수업에 쓸 학습지를 나눠준다.
모든 아이들이 학습지에 적힌 글을 읽고 글자를 쓰리라
생각했지만
대부분은 학습지로 열심히 종이를 접으며
그의 기대에 구멍을 내고 있었다.
그게 몹시 못마땅한 개구리 씨
한바탕 신나게 열을 내고 있는데,

저 멀리 펼쳐진 바다에서 종이배 한 척이 파도를 부수며
내달리고
그 위로 종이비행기 한 대는 굉음을 내며 창공을 가로지
르고 그 사이로
낚아챈 개구리를 입에 문 종이학 한 마리
우아한 날갯짓으로 다가와
유유히 교실 창가에 앉는다.

학의 입에 물려 버둥거리는 개구리에
시선을 빼앗겨 버린 개구리 씨는

남은 학습지를 내던지고
학을 피해 우물 속으로 들어간다.
그리고는 그 입에 물려있던 개구리를 생각하며
섣불리 우물 밖으로 나오는 것에 대한 위험과
재빠른 자신의 처신에 대해 만족하며
안으로 안으로
우물 속으로 들어간다.

직업병

아빠와 엄마와 아이가 따로 살아요. 주말에는 같이 모여요. 그리고 일요일이면 헤어져요. 아빠는 일이 바빠요. 그래서 항상 퇴근이 늦어요. 엄마는 운전이 서툴러요. 그래서 해가 지면 운전을 못 해요. 아이는 이별이 낯설어요. 그래서 항상 일요일 저녁이 되면 울어요.

1. 위 상황에 대한 판단으로 적절한 것은?
① 아빠가 일을 그만둔다.
② 엄마가 운전을 연습한다.
③ 아이가 이별이 익숙해진다.

우리는 ③을 선택했고 그 덕에
아이는 이별을 강요받았다.
우리는 눈물에 익숙해졌다.

아이가 자라는 만큼 익숙해진 눈물의 무게가
점점 무거워진다.

수진

2015년 『문학청춘』 시부문 신인상으로 등단했다.
공저시집 『시인&서산』이 있다.

이메일 : soojin372@hanmail.net

서산 마애삼존불상

천년의 미소
바람 한 점 없이도 천의天衣의 옷자락 펄럭이고
달빛 묻은 미소
햇살 물든 웃음

천 년이 가고 또 천 년에 다시 천 년이 흘러
중생이 모두 다 부처를 이루어
저 미소 이어진다면
그 미소 지워내고
숲을 지키는 하나의 돌로 되돌아가시리니
가야산 그대로가 화엄華嚴*의 세계이지요

별빛 내리쪼이는 밤
가부좌跏趺坐를 틀고
선정禪定에 들어보면
하늘의 웃음소리까지도 들려오는 듯

반가사유상半跏思惟像 미륵불
볼을 찍는 손가락 끝에서

금세 볼우물이 패여
감로수가 뚝뚝 떨어질 것 같은
희유의 웃음을 피워내는 신비 속을
살포시 기대이면 따뜻한 체온도 느껴져 와요

백제가 쓰다 남긴 바람 한 점
꼭 움켜 쥐어보면
햇살 가득
환희지歡喜地*로 펼쳐지는 가야산 능선

* 화엄華嚴: 부처의 깨달음과 가르침이 가득한 연화장 세계의 아름다움과 장엄함
  을 형상화한 부처의 세계
* 환희지歡喜地: 보살이 수행을 하다가 깨달음의 눈이 뜨여서 기쁨으로 가득 차
  있는 경지

숲들의 수다

삼복더위에도 산에 오르는 즐거움
코로나 19로 잔뜩 움츠러든 공간을 벗어나
마스크로부터의 해방이
비바람 속에서도 마냥 자유롭다

가끔은 소란스러운 숲들의 수다가
사람인 나에게로인 것 같아
애매한 돌멩이를 차보기도 하면
발가락만 아릴 뿐이다

브루셀라 구제역 조류인플루엔자
백신이 없다는 이유 하나만으로
우리는 어떻게 대처하였는가

동물들이 지배하는 세상이라면
백신이 없는 지금
우리는 어떻게 되어가고 있을까
아찔하다

폭우에 뿌리채 뽑혀나간 웅덩이 깊숙이
두 발을 내려 딛고
한 그루의 나무로 되살아나
한 잎 두 잎 새로이 피워내
푸른 영혼을 두들기는 비를 맞다가

문득 아무런 질병도 없이
함께 공존할 샹그릴라는 언제쯤일까

양민주

2015년 『문학청춘』 시부문 신인상으로 시
2006년 『시와 수필』을 통해 수필로 등단하였다.
시집으로 『아버지의 늪』
수필집으로 『아버지의 구두』 『나뭇잎 칼』이 있으며
원종린수필문학작품상과 김해문학우수작품집상,
경남문협우수작품집상을 수상했다.

이메일 : cbe@inje.ac.kr

소를 그리다

화선지에 먹으로 소를 그린다
밭 갈며 더운 입김 뿜어내는 소
써레질로 흙탕물을 뒤집어쓴 소
짐바리로 헐떡이던 소
힘들어도 뿔질 발질 안 하던
그 소 못 본 지 오래다
궁금하여 젖을 만져도
무슨 일이냐는 듯 눈만 껌뻑이던
등짝에 붙은 쇠파리를 꼬리로 쫓고
팔려 가던 송아지에 눈물 흘리던
그 소를 잊고 살았다
나의 거울이었던 소
소가 나를 잊고 살아가듯
나도 소를 잊고 살면 될 줄 알았는데
축생의 내가
갑년을 앞두고 소를 그린다
그림으로 보는 소는 섧다

애장터

배고개 마루 위 돌무덤
그 안에 구렁이 굴 있다
지날 때마다 무덤에
돌을 던지고 넘는 고개
나날이 볼록해지는 봉분
따뜻해지는 무덤가로
찔레 넌출 하얀 꽃을 피우고
돌을 덮고 잠자는 그 아이
영혼이 드나드는 돌 틈 사이로
구렁이 허물 걸려있다

보리꽃 필 무렵

동구 밖 상엿집 상여가 춤을 춘다
그저께 화순이 어머니 저승으로 가시고
어제는 종무의 아버지 땅보탬 되시고
오늘은 또 누가 돌아가실까
아버지는 앓아 방에 누워계시고
혼자서 상엿집 앞을 지나며 기웃거린다
가까이서 들려오는 꿩 울음소리
상엿집 토담 밑에도 보리는 자라
파르스름한 꽃이 핀다

이일우

1953년 전북 무주에서 태어났다.
가천대 국문과 박사과정을 수료했다.
2016년 『문학청춘』 시부문 신인상으로 등단했다.

이메일 : ridssyong@hanmail.net

참꽃 1

꽃 따러 올라간 산
꽃 뒤에 숨어 간 빼 먹으려고 기다리는 문둥이
시뻘건 입술 이야기를 하다가
누가 외쳤는지도 신발이 벗겨진 줄도 나뭇등걸에 핏물이
든 것도 모르고 도망치다가
어딨어?
문둥이 어딨어?
숨을 고갯마루에 걸어놓다가 엿본
연분홍

네 얼굴

참꽃 2

염병할 놈!
미친 거 아냐?

별말씀 다 해도

그 볼에
입 맞출 거야

참꽃 3

벌 나비
부르지 마

내가 있잖아

곽애리

강원도 평창에서 태어나 1985년 미국으로 이주했다.
2017년『문학청춘』시부문 신인상으로 등단했다.
2012년 월간『한국수필』작품상과
경희 해외동포문학 작품상을 수상하였다.
현재 미주 뉴욕중앙일보 오피니언 칼럼니스트로 있다.

이메일 : songbirdaelee@gmail.com

당신, 언제 이곳을 기웃거리셨나

언제 이곳을 와 본 적 있었던가,

거리 한가운데 데자뷔dé jà vu
현기증, 나는
꿈길의 가는 줄을 바짝 감아쥐고
낯설지 않은 철근의 거리를 걷는다

레게머리 사진 붙은 헤어숍 코너 철물점을 지나
초록 페인트 칠 벗겨진 선술집의 문고리를 당기는 손
춤추는 회색 연기 몸이 타는 냄새
전생에 이곳을 기웃거렸었나

낮술을 주문한다

긴 벽에는 장 미쉘 바스키아의 해골 무늬 녹슨 낙서
흔들리는 촛농에 녹은 재즈 음률 사이
어느 누군가 놓고 간 구석에 쌓아놓은 책 사이
확대경처럼 벌어진 나의 동공에 춤추는 모음자음

달나라의 장난*

턱을 괴인 손이 내려오고 기울어지는 몸으로
떨리는 손 책 갈피갈피 당신 체온
실핏줄의 소름 세례

간절하면 이루어지는 소망처럼
책을 놓고 간 사람은 시를 사랑한 사람이었을까
뉴욕 브루클린 구석, 허름한 선술집
세상이 술 취한 듯 빙빙 돌며 춤을 추는 가운데
푸르게 떨고 있는 촛불의 심지
당신, 언제 이곳을 기웃거리셨나

바람의 말이 통과하는 하늘 아랫마을을

* 달나라의 장난: 「서시」 「눈」 「광야」 등을 수록하여 1956년에 간행한 김수영 첫
  시집.

그녀의 집에는 10개의 창이 있어

분주한 손과 발은 열어놓은 창과 닫힌 창의 온도를 조절
하는 일

엄마의 자궁, 부엌의 창 앞에 앉자, 동그마니 몸을 말고
낮 꿈을 꾸다
　예고편을 읽어내려는 두 눈 같은, 큰 거실의 창 앞에 앉
자, 옷을 입고 옷을 벗는 나무, 계절의 언어를 해독하다 턱
을 괴는 여인

이 방에서 저 방으로 고요를 끌고 움직이는 발자국 소리,

발로만 천지를 헤매는 것이 아닌 것처럼 그림은 손으로만
그리는 것이 아닌가 봐
　몸으로 생을 그려내는 여인
　우울을 쓸어내리듯 머리를 빗질하고 욕실 문을 여는 손,
쿵, 바닥에 떨어지는 샤워기
　예민한 귀 같은 욕실창의 울림에 문풍지를 달 듯 두 귀를
막는 떨리는 손

그녀의 열 개의 창엔 바람 잘 날 없어

비 눈물이 흘러 자국을 만들고 균열이 생겨 뒤틀리고 갈라져

창과 창, 사이 닦아도 지지 않는 얼룩이 생겼구나

수천 번을 여닫던 창을 바라보다, 그 안에 웅크리고 앉아 가만, 귀를 세우니

미세하게 떨리는 창의 숨소리,

세월을 건너가는 당신,

요중선鬧中禪*

매 순간이 처음이던 낯선 길을 걸어오며
오르막 내리막길 생의 온도에 어지러워
뜨거운 이마에 손을 대고
가쁜 숨을 고른 적 많았는데

천 조각에 실종된 코와 입
마스크가 붕붕 떠다니는 이상한 하늘 아래
미열에도 바짝 곤두서는 머리털
코로나바이러스 무덤의 열 꽃?
다녀온 발길 추적해보는 불안의 지도
어지러운 건 세상만이 아니어서
시끄러운 요鬧놈 보세!
덜컹!
땅에 떨어지는 의심 덩어리
휙, 낚아채어 가만 들여다보니 마음 도둑
"호랑이 굴에 들어가도 정신만 차리면 살아야"
울 엄마의 중中심 철학
무릎을 치는 손위로 내려앉은 꽃잎 한 장

허공에 쏟아버린 웃음 한소끔 선禪이로구나!

*요중선(鬧中禪−시끄러울 뇨/가운데 중/참선 선): 시끄러운 가운데 하는 참선

90

김덕곤

1964년 부산에서 출생하여 울산에서 성장하고 거주하고 있다.
2018년 『문학청춘』 시부문 신인상으로 등단했다.

이메일: mineabba@hanmail.net

밝거나 어둡거나

어둠과 밝음은
오늘도 손잡고 온다
무너질 듯 퍼붓는 빗줄기처럼 온다

온다하고 보면 틀렸다

오지도 가지도 않고

어둠은 밝음 뒤에서
밝음을 어둠의 그림자 속에서
언제나 손잡고 논다

간다거나 또는 온다 하는 말
어제 그제 오늘까지도
온전히 내 몫일 뿐이었다

억수같이 쏟아지는 빗방울에도
단 한 번도 무너진 적 없는 하늘처럼

어둠은 어둠이고 밝음은 밝음인데
어둠이 곧 밝아지고 밝은 곳이 금방 어둡더라

곰팡내 나는 주문 하나
빗소리에 묻힌다

가거나 오거나 그사이

간다와 온다의 가운데쯤
발 디딜 자리 때론 없어도
구태여 비집고들 생각은 하지 않는다

가는 무리 말없이 따라 걷다가
돌아오는 무리 만나면 또 따라 걷다가

오고 감 잠시 빈 허공을 만나면

욕심 따위 잠시 잊어도 좋다

하늘을 올려다봐도 좋고
땅을 내려다보아도 좋다

나를 보려 애쓰는 건 욕심이라
내 그림자만 뚫어져라 보는 게 더 좋다

궁금한 게 많지만
내가 나를 뚫어지게 바라본다 해서

알아차릴 수 있는 게 많지 않은 까닭에

삼차원 공간에서
이차원 평면으로 비춰진 그림자

그나마 쉽지 않나 중얼거리며

가다 또는 온다

그 틈바구니만 눈 크게 뜨고 쳐다보자

입 다물고 다물고

반달

어느 여름날

높이 뜬 반달을 올려다보며
울먹이지 않으려 애쓰기도 했다

옅은 구름 사이로
보였다 안 보였다 하는
반쯤 배부른 달
반쯤 배 꺼진 달

그건 내가 알 수 없는 허기
그건 나도 어찌할 수 없는 갈증
아무래도 내가 가질 수 없는 잃어버린 꿈

누군가 내 모습을 보며 웃을까
고개 숙이지 못하고

구름에 가려진 그놈의 반달
참 오래도록 쳐다보고만 있었다

어제인가 그제인가
그 어느 여름밤 그 어느 날처럼
반쯤 배부른지 반쯤 배가 꺼진 건지

참 그놈의 반달

허기에 갈증만 훤하더라

김연순

2018년 『문학청춘』 시부문 신인상으로 등단했다.
한자끝장 김쌤 YouTube 운영.

이메일: freshkys@naver.com

가면

뽀로로가 북극에서 빗자루 타고 날아오고
밤이면 해리포터가 어린왕자 손잡고 지구로 내려와요
깡통 로봇이 연인이 탄 마차를 끌어요
쇠파이프 속에서 빈 페트병이 폭죽으로 꽃을 피워요

페달을 뒤로 밟아도 앞으로 달리는 자전거
엄마와 아들이 가면을 쓰고 뱀처럼 구부러진
메타세쿼이아 길을 끝까지 달리면
길이 길로써 막아선 땅

플라스틱 나무는 땅속에 발을 담그고 하늘을 마셔요
나무 허리가 부푼 틈으로
코스모스가 피고 국화꽃이 피어나요

드림파크 쓰레기 소각장에서 사과나무 장례식이 치러지
는 동안
버스는 주유소에 빨대를 꽂아 액화된 전설을 마시고
어둠 속으로 소리 없이 달려가요

책상에 앉아 모니터를 바라보다 은밀히
딱정벌레의 창고를 넘나드는 사람들
얼굴은 헌팅캡 속에 감추고
청바지 긴 발에는 박차拍車를 감추고 있어요

폭탄먼지벌레는 신의 정원이라 말을 해요

자전거를 삼켜버린 갈대숲 언덕에
폐타이어로 만든 하얀 새가 내려앉았어요
바람개비가 돌고 있어요

만화경 萬華鏡

친구 따라 주식장에 처음 올라탄 촌놈
빨갛고 파란 캔들 위에서 중심을 잃고 출렁거린다

재래시장도 모르면서 국제시장 안다고 까부는 머리가 빈 놈
그놈은 빨강도 파랑도 구분 못하는 색맹

아이들도 화장품공장으로 보내는 도둑놈
입술에 침도 안 바르는 거짓말쟁이

도둑 잡겠다고 달려간 경찰, 진짜 별 단 놈을 잡는 눈 뻰 놈
권총 대신 물총 잡고 총총 캉캉 땜쟁이

금수저 입에 물고 일방통행, 길을 비켜라 외치는 별난 놈
고지가 바로 저기다 생일도 바꾸고 국적도 바꾸는 돌연변
이 기생충

무궁화 왕관을 쓰겠다고 여의도에서 방망이를 두드리는
살찐 놈
가면 쓴 유비유치원 재롱잔치 하는 날

별을 낳지 못해 매일 밤 추위에 떠는 발가락도
이마가 번들거리는 개 돼지도 대박 꿈을 안고 주식장에
모인다
봉봉봉 캔들 위에서 심장이 커지고 간이 쪼그라들고
충혈 되는 눈,

구겨진 쓰레기통 위로 눈이 내려 하얗다
바람이 분다
쓰레기통은 들썩들썩 무겁게 몸을 뒤척인다

박상옥

1998년『오늘의문학』으로 등단하였으며
시집으로『얼음불꽃』『끈』
산문집으로『시 읽어주는 여자』가 있다.
한국시인협회 회원이며,
문화센터에서 시 창작 강의를 하고 있으며
한국문인협회 충주지부 회장을 역임했다.
현재 충주신문에「시로여는세상」5년째 연재 중이다.
고대문우상을 2018년 수상하였다.

이메일 : 12rosa20@hanmail.net

제빵일기

한 명의 아기가 세상에 오지 않으면
세상은 없다.

들여다보면, 일생 부풀다 잦아드는
지구마을 사람은 모두 빵이 피워낸
배꼽과 배꼽들,

사람을 이기는 사람
햇살을 이기는 사람
전쟁에서 이기는 사람은 있어도, 세상에
빵을 이기는 이 아무도 없다.

빵을 이긴 사람이 사라진 길을 따라서
빵을 든 아기가 아장아장 걸어 들어가는
밀밭

한 알의 밀알이 땅에 떨어져 죽지 않으면
세상에 빵은 없다.

제빵일기 2

잠이 필요한 시간에도
온몸 삭신 쑤시는 호명에
마디마디 자물쇠 푸는 소리
살아내기 위해선 웃음으로 빵을 만들어야지
메아리가 열병 든 이마처럼 들끓는 날에도
제빵소에 불을 밝히는 여류제빵사

꿈을 꾸면
무덤과 문장 사이에 햇살이 스미고
머리 위로 빛의 통로가 열리지
비구름이 십자가에 앉는 시간
열 손가락을 움직여 편지를 쓰듯
열 발가락을 움직여 간 그리움에 가듯
허공 가득한 이름을 휘저어
반죽을 치는 모든 말의 노래는
어둠을 사르며 떠오르는 커다란 달
작은 슬픔 들이 매일 빵으로 부풀어
드나드는 유모차 노모들이 환하다.

제빵일기 3

"저 여기 살아있어요. 배고파요. 밥 좀 주세요.
‒‒‒‒‒‒‒
어린 왕자 제빵사가 매일 밥을 먹여
곱으로 키운 병졸들 숫자는
일주일에서 열흘이면
한주먹에 5억 마리로 늘어나
향방 귀를 무섭게 내뿜는데

조막만 한 덩어리가
수박덩이로 커지는 생명의 기적
사람들은 이것을 빵이라 한다.
겉은 바삭하고 속은 촉촉한 빵을 자르면
수 수억 병졸들이 먹고 놀던 송송 구멍 자리들
가루가 빵으로 건너온 흔적을
여자는 태초의 시간 무늬라 한다.

바수어져 살아내는 세상 뒤에서
오늘도 빵이 빵에 말을 건넨다.

김영완

1967년 전남 나주에서 출생했다.
2019년 『문학청춘』 시부문 신인상으로 등단하였다.

이메일 : duddhks5820@naver.com

폐업

잠깐 소나기가 내렸고
난 보도블록 개수에 맞춰 길을 걷는다
젖은 하늘 아래
도시는 고무줄처럼 팽팽하다
사람들은 적당히 차갑고
제각기 무관심하게 스쳐 간다
비둘기 먹이를 주고 있는 여자와
비둘기 똥에 옷이 젖은 남자가 싸우고 있는
뒤틀린 도시
세무서 앞은 길을 찾는 사람들과
길을 잃은 사람들로 교차한다

끼니를 핑계로 낮을 마신다
낯선 시간이 한가해진 어깨를 밟고 지나간다

주인 없는 시간들로 넘쳐 있을 내일

빨갛게 달아오른 서쪽 하늘

휘청거리는 오십

돌아가는 선풍기에 손을 넣어본다
차가운 날이 무뎌진 손을 때린다
검은 피가 뚝뚝 떨어지는
죽어 버린 바람

빈 소주잔에 비친 일 없는 낮달이 퀭하다

밤꽃

6월엔
이산 저산 밤꽃 파도 출렁인다
저 파도 잘 기억해서
초가을 한가한 오후
파도 따러 가야지

이우디

서울에서 출생하여 제주에 거주하고 있다.
2019년 『문학청춘』 시부문 신인상으로 시 등단하였다.
2014년 영주일보 신춘문예 시조 당선하였고 『시조시학』으로 시조,
2019년 『한국동시조』 등단했다.
시조집 『썩을』, 현대시조100인선 『강물에 입술 한 잔』,
시집 『수식은 잊어요』가 있으며,
제12회 시조시학 젊은시인상
2017년, 2020년 제주문화예술재단 문예창작지원금을 받았다.

이메일 : lms02010@hanmail.net

낮고 푸른 당신

탑은 무너지는 중이다
의도적이지 않다
하루에 또 하루 얹으면 새벽이 온다
새벽을 시작하면 축축한 말문이 막힌다
해가 지면 동태를 상상한다
의도적이다

지구만 한 냄비에 e-노을을 깔면 눈동자가 풀린다
어떤 계절도 접속 가능, 폭설로나 오는 스팸은 삭제 키를
누른다
굉음을 뚫고 착륙하는 비행기
앞장서지 않으며 그렇게 오는 시녀 같은 봄, 이 세계는 취
한다

휠체어에 앉아서 유리창을 사이에 두고 플라스틱 사랑에
접속한다

나도제비난이 입술을 깨무는 오후 세 시
녹아내린 아랫도리에 모르핀이 꽃을 피운다

헛구역이 창궐한다 화입火入을 한다

패시지*와 패시지 사이가 전설보다 긴 하루

* 패시지: 독주 기악곡에서, 곡의 중요한 부분을 서로 연결해 주는 악구

물의 순례자

아직 태어나지 않은 건지 못한 건지
예정에 없는 거기 어딘지
민들레 꽃씨처럼 홀로 문밖에서 아쉬워요
아직인가요
세상에!
시리아 난민 수용소 엘피다(희망)를 모방한 곳이라니
거기 내려앉은 나라니, 그대 고르듯 나를 고를 수 있다면!
꿈이란 걸 알지만 서운하지만
먼 길을 가는 내내
하얗게 황홀하게 울어요
봄볕 혹은 보슬비는 구호품으로나 가끔 전해져요
사진 한 장 박아주면 끝!
이 세상의 공식은 대부분 간단해요
더는 바람의 연주를 들으려고 귀 세우지 않고도
외롭다고 물새를 보고 이유 없이 히죽대지 않고도
최선을 다해 후회하지 않아요
가난한 이웃이 필요한
누군가의 입장이 높고 넓은 곳이라서요
호박이 넝쿨째 굴러오는 일은 없어요

어느새, 안부도 없이 당도한 여기
사라질 거예요, 금빛 모래밭으로 스며드는 후생이라니
별들의 합창을 레퀴엠으로 듣게 될 거라니
사라지는 것이 얼마나 아름다운지
알 것 같아요
우리 만나긴 했나요?

바닥을 구르는 분홍을 위한 레퀴엠

죽지에 돋는 무수한 날개로 부신 허공은 마지막 성소, 뿌리에서 멀어질수록 불안한 이들을 위한 아다지오 d단조는 빛을 위한 가락이에요

천칠백만 년 전 한잠 지나 수목 뿌리 걸어 나온 구름 궁전 시계처럼 집도 절도 없이 지하 도시 탈출한 분홍 달팽이, 호주 란셀린 시티 사막의 언덕 너머 모래 썰매 타고 와 파도에 환승한 이후 발을 헛디뎌요

35년여 은백색의 가윗날에 홀릭, 입술이 열리고 닫힐 때마다 쏟아지던 문장들

아이 놓친 앳된 엄마의 상심과 다른 여자와 남편을 공유한 아내의 분노 그리고 사랑한 적 없는 남자의 우울을 어떻게 잊어요 약혼한 스물두 살 분홍 눈빛과 결혼 25주년 스물다섯 송이 장미에 취한 쉰한 살 설렘도 소개팅에 성공한 사십 대 총각의 흥분도 절대 못 잊어요

2020년, 분홍이 분홍을 떠나지 못하는 것처럼 불안이 불

안을 떠나지 못하는 봄날

오늘의 마스크가 필요한 오늘, 가위에 약지를 걸고 마스
크를 쓰고 머리카락을 잘라요 흩날리는 새들을 불길한 불길
속에 처넣을 순 없어요 검은 물감은 풀지 말아요 당신神 뜻
대로는 아무 일도 하지 말아요

바닥에 풀려버린 비문을 위한 성가가 필요할 뿐
우리는 우리를 믿어요

양시연

2019년 『문학청춘』 시부문 신인상으로 등단했다.

촉수어 고백

촉수어, 촉수어란 그 말 처음 듣는 순간
인터넷 검색 창을 두들겨도 소용없고
퇴근길 발길들마저 고기떼로 보이네

손으로 보고 듣고, 손으로 말을 하는
막냇동생 그 또래 손말 하는 농맹인 현 씨
삼십 년 농인이었는데 이제는 눈조차 멀어

그래, 이쯤은 돼야 사랑이라 할 수 있겠네
눈멀기 전 눈 맞췄던 그 이름 뱉지 못해
가슴속 사라진 사랑 가슴에 붙여 사네

누군들 이름 하나 숨겨놓지 않았을까
마침내 내 손바닥에 그려내는 첫사랑
오늘은 찬찬히 꺼내 촉수어로 고백하네

정말, 헛손질이다

살다, 살다 별의 별꼴 볼 때도 있다더니
교회에 나가는 일도 동장 눈치 봐야 하네
빚쟁이 빚쟁이 같이 눈치 보는 주일 아침

교회 올 수 없는 건 농아인도 매한가지
개구멍 슬쩍 열고 방송실로 기어들어
목사님
설교를 전하는
내 손말도 헛손질 같네

꽃 이름 찾기

오로지 믿을 것은
휴대폰밖에 없는 것 같다
드라마도 시편들도 내 손 안에 있소이다.
오늘의 운수도 잠깐 무릎 꿇고 물어본다

내가 찾는 식당도 척척
베란다 꽃 이름도 척척
한 번은 남편에게 네이버 렌즈 갖다 대니
메께라 "유통기한 초과", 이게 내 사람이라니

반대로 그 렌즈를
내 가슴에 대었더니
'네 죄는 네가 알렸다.' 사무치는 그 이름
반평생 숨겨둔 세월 하마터면 들킬 뻔했다

정영미

1971년 서울 출생하였고
명지대학교 행정학과를 졸업했다.
2019년 계간 『문학청춘』 시부문 신인상으로 등단했다.
(주)효명건설 이사로 역임하다가
현재 노무법인 한국인사노무연구원의 소장으로 재직 중이다.

이메일 : seven_lady@naver.com

백합의 노래

담장 밑 그늘 아래서
아침 햇살은 분주해요

밤새 울던 백합화 보러
햇살은 살며시 커튼을 엿봐요

담장 밑에서 꿈을 줍다가
자장가 부르는 햇살의 목소리
머릿결 쓰다듬는 빛나는 손길
나는 어린아이처럼 어루만져요

내가 태어나기 전부터 나를 사랑해준 벗
오늘도 내 주위를 맴돌며
내 맘의 어둠을 내쫓고 있어요

나는 그늘 속의 한 송이 백합화
여리디여린 아이 눈 속의 눈물 한 방울
서툰 악사의 피리 소리
해가 지도록 밝게 빛나요

나나 날, 새롭게 하는 이곳
나나 나 여기에서 달콤한 꿈을 꾸어요

In Time

아기의 눈 속이 우주다
엄마의 등에 업혀 가는
아기의 맑은 눈망울 속에
수많은 내가 있다

별처럼 많은 사람들이
서로 다른 공간에서 같은
꿈을 꾸다 침대서 깨어날 때
우주는 흔적 없이 사라지겠지
실재實在의 오늘이 있었는지
내일의 나는 꿈에서 깨어난다

내 안의 생각들을 따라가다
이름 모를 꽃밭에 멈춘다
분분히 날고 있는 고추잠자리 떼
일평생 가장 소중한 만남이
순간 나일지 몰라, 가만히
보고 있노라니
한낮은 물거품처럼

시간은 강물이 되어 흐른다

지금 여기 이 거리에서…
고추잠자리의 꿈도 아기의 눈빛도
분주한 햇살 속을 흘러
또 어딘가에 다시 깨어나리
기쁨의 발로 춤추는 그런, 위대한
시간 속으로

수필

이선국

강원도 고성에서 태어났으며
한국방송통신대학 법학과를 졸업했다.
2012년 『문학청춘』 수필부문 신인상으로 등단했다.
한국문협 회원, 고성문학회 고문, 물소리시낭송회 대표로 있다.
저서로 『길 위에서 금강산을 만나다』
『고성지방의 옛날이야기』 등이 있다.

이메일 : skl2425@naver.com

뜨락의 벗나무

집 앞에 큰 벗나무 한 그루 함께 산다. 멀리서도 집보다 먼저 보이는 제법 나이 든 나무다. 아침마다 산새들이 찾아와 노래하고 밤새도록 달빛과 별빛이 함께 노니는 곳이다. 때론 구름이 쉬어가기도 하고 시도 때도 없이 바람이 휘감아 돌아가는 곳이기도 하다. 밤새 외로울까 친구가 되어 주기도, 때론 말벗이 되어 주기도 하는 고마운 나무인 것이다. 봄엔 연둣빛 옷으로 갈아입고, 늦봄엔 지붕 위로 연분홍 벗꽃이 만발하는 나무, 여름엔 신록으로 그늘을 지어주고, 늦가을엔 뜨락에 붉은 이파리를 쏟아낸다. 한겨울엔 옷을 벗고 알몸으로 하얀 눈을 기다리는 장정 같은 나무, 지나는 사람마다 지붕 너머 그 우아한 모습에 입을 다물지 못한다. 어느새 명품 벗나무로 자란 것이다.

당나라 대표적인 선승 종심선사, "차 한잔하시게(喫茶去)"로 더 유명한 조주 스님께 한 스님이 물었다. "여하시조사서래의(如何是祖師西來意, 조사가 서쪽에서 오신 뜻이 무엇입니까?)" 그러자 스님이 말했다. "정전백수자(庭前栢樹子, 뜰 앞의 잣나무니라!)"라는 유명한 선문답 일화가 전해진다. 조주 스님께서 말씀하신 뜰 앞의 잣나무가 아니라 벗나무 이야기다.

내 집 벚나무는 처음부터 그렇게 돋보이는 나무가 아니었을 것이다. 아마도 산새가 물어 준 씨앗으로 산자락에 몸을 맡겼을 터이고, 이곳과 벚나무 인연은 그렇게 우연히 시작되어 산숲에서 나 홀로 해마다 봄, 여름, 가을, 겨울 사계절을 맞으며 꿋꿋하게 자랐을 것이다. 누구의 손길과 보살핌 없이 어린나무로 시작해서 비가 오나 눈이 오나 아랑곳없이 굳세게 자랐고, 때론 비바람 속에서 여린 가지가 숱하게 꺾이는 수모를 겪었을 것이다. 물론, 인간 세상처럼 거짓과 위선, 모함과 질시는 없었을 테지만 세찬 눈보라와 칼 같은 추위에 수차례 죽을 뻔했을 테고, 주변 넝쿨과 대나무 같은 여러 종의 공격을 스스로 이겨내야 했고 벌레 습격 등 무수한 시련을 거치면서 죽을 고비도 여러 차례 겪었을 일이다. 그러다가 어느 날 주변의 소소한 나무들에겐 큰 어른 같은 나무, 산자락 중심으로 훌쩍 자랐을 것이고, 숱한 우여곡절 끝에 지금의 그런 모습이 되었을 것이다.

둘레가 두 아름이 모자랄 정도니 어림짐작으로 나보다 훨씬 오래 산 나무라 당연히 터줏대감일 테지만, 몇 해 전 내가 산속에 들여 지은 집 때문에 졸지에 산벚이 아니라 집벚이 되었다. 어느 날 느닷없이 굴러온 돌 때문에 이 숲에 주인이 아니라 들러리가 된 셈이랄까. 미안함도 지울 수 없다. 글쎄, 여전히 내가 들러리일 수도 있겠지만 나로선 꽤 괜찮은 도반인 셈이다.

이젠 집에서 제일 먼저 햇볕을 맞는 것이 벚나무요, 달빛을 제일 먼저 반기는 것도 큰 나무인 것이다. 그 우듬지와

늘어진 가지 끝엔 언제나 구름이 쉬어가고, 참새 방앗간 들렀다 가듯 늘 바람도 쉼 없이 다녀가는 큰 나무, 늠름한 등걸과 무수한 가지마다 온갖 산새들의 놀이터가 되어 아침저녁으로 조잘조잘 산새들이 노래하는 나무, 한여름 땡볕에 시원한 그늘을 지어주는 나무, 말을 하지 않지만 가끔씩 말을 받아 주는 온유한 나무, 언제나 마음의 평화와 안온함을 가져다주는 넉넉한 어머니 품과 같은 듬직한 나무다.

산숲에 숱한 사연과 일상을 속 깊은 나이테에 꼭꼭 쟁여 두고 가끔씩 이파리를 흔들어 바람과 이야기를 주고받는 선승 같은 나무, 조주 스님께서 말씀하신 뜨락의 잣나무처럼 선문답을 주고받는 도통한 나무에게 묻지도 따지지도 않고 함께 살자고 했으니 벚나무 입장에선 건방지고 당돌하다고 느꼈는지도 모를 일이지만 언제부턴가 아침마다 인사를 주고받고 모습에 자신도 놀란다. 그 나무에 귀 기울이고 살랑거리는 이파리에도 눈길 떼지 못하는 경우가 더 잦다. 날이 갈수록 나무에 마음을 기대어 평온을 찾거나 속마음을 털어놓고 주절거리는 경우가 더 많다. 전생에 인연이 아니어도 바깥출입이 잦지 않은 내게 벚나무는 아주 특별한 도반이자 인연이다.

변함없이 창문 너머 우뚝 서 있는 벚나무는 내게 여간 고마운 나무가 아닐 수 없다. 이 땅 모든 인연들이 그렇게 시작되어 어느 날 그 중심에 있는 것이리라. 뜨락의 벚나무도 늘 그렇게 오래도록 나와 함께 하길 기대한다.

문학청춘작가회 회칙

제1장 총칙

제1조(명칭) 본 회는 '문학청춘작가회'라 칭한다.

제2조(목적) 본 회는 '문학청춘'으로 등단한 문인들의 문학적 소양을 증진시키기 위한 상호 교류의 터전을 마련하고 궁극적으로 회원들의 모지인 '문학청춘'의 발전에 기여함을 그 목적으로 한다.

제2장 회원

제3조(회원의 자격) '문학청춘'을 통해 등단한 문인들을 원칙으로 한다.

제4조(권리) 회원은 총회를 통하여 본 회의 운영에 참여할 권리를 가진다.

제5조(의무) 회원은 본 회에서 정한 사업에 참여하며, 회칙 및 의결사항을 이행하고 회비를 납부하는 의무를 지닌다.

제6조(자격상실) 회원으로서 품위를 손상시키는 행위를 하거나 회비를 2년 이상 미납한 경우 이사회의 의결을 거쳐 회원자격을 심의한다.

제3장 기구

제7조(총회)

1. 총회는 본 회의 최고의결 기구로서, 회원으로 구성한다.
2. 정기총회는 연1회 회장이 소집하여 개최하는 것을 원칙으로 한다.
3. 임시총회는 이사회 또는 재적회원 1/3 이상의 소집요구에 의하여 개최할 수 있다.

4. 총회는 사업계획, 임원선출, 예산편성 및 결산, 회칙개정, 기타 중요사항을 심의 의결한다.

5. 총회는 재적회원 과반수의 출석으로 개최하고 출석 회원 과반수의 찬성으로 의결한다. 단, 회원은 위임장을 통해 의결권을 다른 회원에게 위임할 수 있다.

제8조(이사회)

1. 이사회는 회장, 부회장, 이사로 구성한다.

2. 이사는 총무이사와 지역이사로 구성한다.

3. 이사회는 회장이 필요하다고 인정할 때나 임원 과반수의 요구가 있을 때 소집한다.

4. 이사회는 총회 의결사항의 집행, 총회에 부의할 안건의 예비심사, 업무집행 및 사업계획 운영, 기타 중요사항을 의결한다.

5. 이사회는 이사의 1/2 이상 출석으로 개최하고 출석인원 과반수의 찬성으로 의결한다. 단, 이사는 위임장을 통해 의결권을 다른 이사에게 위임할 수 있다.

제4장 임원

제9조(구성) 본회는 회장, 부회장 3인, 총무이사, 감사, 지역이사 3인을 둔다.

제10조(회장)

1. 회장은 정기총회에서 선출하고 그 임기는 2년으로 하고 연임할 수 있다.

2. 회장은 본 회를 대표하며 본 회의 업무를 총괄한다.

제11조(부회장)

1. 부회장은 이사회에서 추대하고 그 임기는 2년으로 하고 연임할 수 있다.

2. 부회장은 회장을 보좌하되, 회장 궐위 시에는 연장자가 업무를 대행한다.

제12조(감사) 정기총회에서 선출한다.

제13조(이사)

1. 이사는 회장이나 이사회의 추천으로 총회의 인준을 받아 임명하고 그 임기는 2년으로 하고 연임할 수 있다.

2. 이사는 이사회를 통하여 본 회의 업무에 관한 사항을 심의하며 회장으로부터 위임된 사항을 처리한다.

제14조(고문) 임원 외에 약간의 고문을 둘 수 있다.

1. '문학청춘' 발행인 또는 주간을 상임고문으로 둔다.

2. 고문은 발행인 추천으로 이사회에서 추대하고 임기는 별도로 정하지 않으며 회장과 이사회의 자문에 적극 협조한다.

제5장 재정

제15조(내역) 본 회의 재정은 회비, 찬조금, 기금, 기타 사업 수익으로 한다.

제16조(회비) 본회의 회비는 연회비로 납부한다.

1. 회원의 회비는 연회비로 20만원을 납부한다.

2. 임원의 회비는 연회비 30만원으로 한다.

제6장 사업

제17조(동인지 발간) 본 회원들의 작품(시와 산문)을 엮어서 매년 1회 동인지로 발간한다.

제18조(문학기행) 연1회 회원들이 거주하는 지역을 중심으로 문학기행을 한다.

제19조 동인지 발간 및 문학기행은 참가회원 중심으로 실시한다.

부칙

1. 본 회칙에 규정되지 않은 사항은 관례에 따른다.
2. 본 회칙의 개정은 이사회 혹은 재적회원 1/3 이상의 요구에 따라 발의할 수 있으며, 총회에서 출석회원 2/3 이상의 찬성으로 의결한다.
3. 본 회칙은 본 회의 제1차 정기총회의 의결을 거친 날로부터 효력을 발생한다.
4. 2017년 7월 8일 정기총회에서 논의된 내용은 차기 집행부가 권한을 위임받아 이사회를 거쳐 개정 공지한다.

문학청춘작가회 발자취

2015. 6. 16. 계간 『문학청춘』 사무실에서 유담 시인과 김영탁 주간이
'문학청춘작가회' 창립 발의

2015. 7. 14. '문학청춘작가회' 창립준비위원 5인(유담 · 이태련 · 홍지
헌 · 류인채 · 김영탁) 1차 창립 준비모임. 고문(이수익 · 김
기택 · 김영탁) 위촉.

2015. 7. 28. 2차 준비모임(김선아 시인 동참)

2015. 8. 18. 3차 준비모임(창립취지문 및 창립총회 최종 점검)

2015. 9. 5. 문학청춘작가회 창립 총회
초대회장 : 유담 시인.
부회장 : 이태련 수필가 · 홍지헌 · 김선아 · 류인채 시인
홍지헌 시인 시집 『나는 없네』 발행

2016. 7. 3. 제2회 정기총회
양민주 시인 시집 『아버지의 늪』 발행
백선오 시인 시집 『월요일 오전』 발행
류인채 시인 시집 『거북이의 처세술』 발행

2017. 7. 8. 제3회 정기총회
제2대 회장 : 민창홍 시인
부회장 : 김요아킴 · 손영숙 시인
지역이사 : 이선국 수필가, 양민주 시인
동인지 편집장 : 류인채 시인

2017. 11. 4. 임시총회
정기총회 날짜를 계간 『문학청춘』 창간 기념 행사에 맞추
기로 함.

김요아킴 시인 시집 『그녀의 시모노세끼항』 발행

손영숙 시인 시집 『지붕 없는 아이들』 발행

김선아 시인 시집 『얼룩이라는 무늬』 발행

2018. 1. 20. 문학기행 - 경남 창원 일원 8명 참가(경남문학관, 마산 시의거리, 문신미술관)

김미옥 시인 시집 『어느 슈퍼 우먼의 즐거운 감옥』 발행

민창홍 시인 시집 『캥거루 백을 멘 남자』 발행

이나혜 시인 시집 『눈물은 다리가 백 개』 발행

2018. 11. 17. 문청동인지 창간호 『눈가에 가지 끝 수관 하나 심으면』 발행

제1회 문학청춘작가회 동인지 우수작품상 유담 시인 수상

2019. 6. 15. 문학기행 인천광역시 일원(차이나타운, 동화마을, 자유공원, 월미도)

2019. 11. 9. 문청동인지 2호 『그날의 그림자는 소용돌이치네』 발행

제2회 문학청춘작가회 동인지 우수작품상 김미옥 시인 수상

2019. 11. 9. 정기총회

민창홍 회장 연임. 이일우 회원 수석부회장 추대

2019. 12. 류인채 시인 시집 『계절의 끝에 선 피에타』 발행

유담 시인 산문집 『늙음 오디세이아』 발행

이강휘 시인 시집 『내 이마에서 떨어진 조약돌 두개』 발행

2019. 12. 27. 손영숙 시인 대구문학 올해의 작품상 수상

2020. 4. 김요아킴 시인 시집 『공중부양사』 발행

이우디 시인 시집 『수식은 잊어요』 발행

2020. 6. 1. 추천 심의를 거쳐 충주에서 활동 중인 박상옥 시인 입회

2020. 10. 9. 김선아 시인 〈의제헌 김명배 문학상〉 수상

2020. 10. 18. 김요아킴 시인 제9회 백신애창작기금 받음

2020. 12. 문청동인지 3호 『고양이가 앉아 있는 자세』 발행

제3회 문학청춘작가회 동인지 우수작품상 민창홍 시인 수상

황금알 시인선